Martin Ebbertz / Sabine Kranz

Feuer in der Eiswürfelfabrik

Kürzestgeschichten

Martin Ebbertz
Sabine Kranz

Feuer in der Eiswürfelfabrik

Kürzestgeschichten

Razamba

Offenbach am Main 2022

Illustrationen: Sabine Kranz
Satz: Felicitas Blech

Druck: OOK-Press Veszprém

ISBN: 978-3-941725-66-9

www.razamba.de

Inhaltsverzeichnis

9 Ein heisser Tag

Am heißesten Tag des Jahres goss ein Gärtner aus Maintal seine Blumenbeete mit Schweißtropfen. Eine Klavierlehrerin saß alleine in ihrem Zimmer. Sie hatte das Fenster geöffnet und spielte eine traurige Melodie. Ein älterer Mann stand an eine Laterne gelehnt und lauschte. Später löste er sich langsam in Luft auf.

Der dicke Mann

Der dicke Mann hatte einen dicken Bauch, das ließ ihn noch dicker erscheinen. Er lag im Bett und sah vor sich einen Berg, der aus Bettdecke bestand. Er hob die Decke an und sah nur seinen Bauch, keine Füße.
„Ich muss aufstehen", sagte sich der Mann. Das tat er und blickte an sich hinunter, aber die Füße konnte er nicht sehen. Er zog den Pyjama aus, er zog sich die Tageskleider an. Er setzte sich auf einen Stuhl und beugte sich weit vor. Er zog sich die Schuhe an. Seine Füße konnte er nicht sehen. Der Mann holte einen Spiegel und lehnte ihn an die Wand gegenüber vom Stuhl. Er setzte sich wieder auf den Stuhl und nun entdeckte er seine Füße im Spiegel. Aber da war noch etwas. Da waren zwei Hände. Sie näherten sich den Füßen. Der Mann erschrak. Zwei Hände waren es, die kamen von irgendwo aus der Luft, nichts konnte sie aufhalten. Die Hände griffen nach dem rechten Schuh, sie zerrten am Schuhriemen. Der Mann hielt den Atem an. Im Spiegel sah er, was nun geschah. Die Hände banden die losen Schuhriemen zu einer Schleife. Es waren kleine, dicke Hände, aber sie waren flink. Der Mann erkannte die Hände, es waren seine eigenen.
„Na so was", sagte der dicke Mann und schüttelte verwundert den Kopf.

11 Ereignis im Zug

In einem Eisenbahnabteil bat auf dem Weg nach Koblenz ein Mann einen anderen Mann, mit ihm den Sitzplatz zu tauschen, da er es nicht vertrage, gegen die Fahrtrichtung zu sitzen. Diese Bitte hörte der Nachbar des anderen Mannes, der noch nie das Rheintal gesehen hatte und gerne am Fenster sitzen wollte, und ihm fiel ein, dass er den anderen Nachbarn des anderen Mannes, der den Fensterplatz innehatte, bitten könnte, ihm diesen zu überlassen. Der wiederum erklärte, dass es ihm nichts ausmache, den Fensterplatz zu verlassen, wenn er dafür an der Gangseite sitzen dürfe. Der an der Gangtüre sitzende Mann bot an, sich auf den Platz des Nachbarn des anderen Mannes zu setzen, falls dessen Gegenüber, ein Mann mit allzulangen Beinen, sich auf einen anderen Platz setze. Da dieser nicht dazu bereit war, wollte sich sein Gegenüber unter der Bedingung auf den Platz gegenüber des Mannes mit den langen Beinen setzen, dass er zugleich am Fenster sitzen dürfe. Daraufhin verloren die Männer den Überblick, und so blieben alle auf ihren Plätzen.

DER BRIEFTRÄGER

Für Haus Nummer 23 hat der Briefträger einen Schlüssel. Die Briefkästen sind dort im Flur, und das Uhrengeschäft im Erdgeschoss öffnet erst um zehn.

Am Fenster der ersten Etage sitzt die Frau, die zuerst sieht, wenn der Briefträger kommt. Sie trägt einen Morgenmantel, sie sitzt im Fenster, und sie kann den gelben Wagen sehen, bevor ihn der Briefträger um die Ecke am Haus Nummer 19 schiebt, denn er spiegelt sich in einer gegenüberliegenden Glasscheibe. Sie steht auf, sie beugt sich vor, sie lehnt sich auf ein Kissen und sieht hinunter auf die Straße.

Schön wäre es, wenn sie den Briefträger noch früher sehen könnte. Ihre Beine sind nicht mehr jung, und wenn sie die Treppen hinuntergegangen ist, dann ist der Briefträger längst wieder fort, und sie steht allein vor dem Kasten, und manchmal ist ein Brief darin, und meistens nicht.

Schön wäre auch, der Briefträger würde den Schlüssel vergessen. Dann müsste er klingeln, und klingeln würde er vermutlich zuerst nebenan, wo meist niemand ist, und dann vielleicht bei ihr.

13 Weihnachten im Schuhkarton

Weihnachten nahte, aber die Einwohner der kleinen Stadt wussten nicht, dass sie in einem Schuhkarton lebten. Die Kinder gingen zur Schule, als ob nichts dabei wäre. Die Eltern arbeiteten irgendwo, oder sie blieben zuhause, es war egal. Annika hob den Karton etwas an. Sie hielt ihn noch ein bisschen höher, und noch ein bisschen, bis auf Augenhöhe, um besser hineinschauen zu können. Dann plötzlich ließ sie ihn fallen.

Picknick auf See

Die Plakate hingen überall: Picknick auf See. Mit Blick auf die Haie. Die Plakate waren etwas gewellt. Vermutlich waren sie nass geworden. Wir waren neugierig und gingen zum Strand. Es standen schon ein paar Leute da herum, aber vom Veranstalter des Picknicks war nichts zu sehen.

Auf dem Sand lagen Schlauchboote.

„Merkwürdig", sagte Mama. „Ist denn hier niemand, den man fragen kann?"

Einige Leute brachten Schlauchboote ins Meer.

„Ist wohl Selbstbedienung", sagte Papa, und auch er schob eines der Boote ins Wasser.

„Aber wo ist das Essen?", fragte Mama. „Zum Picknick gehört doch etwas zu essen."

Wir setzten uns in das Boot und schaukelten auf den Wellen. Die Strömung trieb uns schnell hinaus. Bald sahen wir die spitzen Flossen der Haie. Sie kreisten um uns herum.

„Prima Picknick", sagten die Haie. „Vielen Dank!"

15 Die Müllabfuhr

Man kann den Müllwagen schon von weitem hören. Man kann hören, wie die Maschine den Abfall zermahlt. Dann sind die Müllmänner vor dem Haus. Sie drücken auf alle Klingelknöpfe, denn die Mülleimer stehen im Hinterhof, und man muss den Müllmännern die Haustür öffnen. Man fragt durch die Gegensprechanlage: „Wer ist da?“ Man kann durch die Gegensprechanlage auch die anderen Bewohner des Hauses hören, wie sie fragen: „Wer ist da?“ Es gibt keine Antwort, aber man weiß, es ist nur die Müllabfuhr, und man drückt auf den Knopf, der die Haustür zu öffnen erlaubt. Alle Bewohner des Hauses wissen, dass es nur die Müllabfuhr ist, sie drücken auf den Knopf, und die Müllmänner holen bloß die Eimer aus dem Hinterhof, und weiter geschieht nichts.

Feuer in der Eiswürfelfabrik 16

In einer Eiswürfelfabrik brach ein furchtbares Feuer aus. Die Feuerwehr kam mit vielen Wagen. Die Feuerwehrmänner schoben die Leitern vor und rollten die Schläuche aus. Mit starken Wasserstrahlen spritzten sie in die Fabrik. „Vorsicht", sagte der Fabrikbesitzer. Er hatte Angst um seine Eiswürfel. Die Arbeiter trugen Eiswürfel aus der brennenden Fabrik, soviel sie konnten. Sie schwitzten und hatten schwarze Gesichter. Am Abend war der Brand gelöscht. „Danke", sagte der Fabrikbesitzer. Zur Belohnung durften die Arbeiter sich jede Menge Eiswürfel mit nach Hause nehmen. Daraus kochten sie sich dann Tee oder Kaffee.

17 Die lange Nacht der Forscher

Auf einer großen Versammlung von Naturforschern lernten sich ein Sternenzähler und ein Wolkenbetrachter kennen. Die Naturforscher saßen in einem riesigen Saal an langen Tischen. Einige machten merkwürdige Experimente, andere hielten Vorträge, wieder andere hörten zu. Es war bei ihnen üblich, dass niemand den Raum verließ, solange noch jemand redete. Irgendwann wurden die Forscher müde, die Köpfe sanken auf die Tischplatte, und alle schliefen ein. Nur der Sternenzähler und der Wolkenbetrachter hatten einander immer noch etwas zu erzählen.

Eine Wanderbaustelle bei Köln-Sülz

Die Wanderbaustelle bewegte sich die Autobahn entlang in der Nähe von Köln-Sülz. Später verließ sie die Straße und verzog sich in die Wälder. Auf den Höhen der Eifel wurde sie mehrmals gesehen. Nach wenigen Wochen verlor sich ihre Spur.

19 Der Lehrer

Der Lehrer wohnt nebenan. Morgens fährt er mit dem Fahrrad fort, weil das schneller und gesünder ist. Abends kann man ihn sehen, wie er das Fahrrad in der einen Hand balanciert, und in der anderen Hand hat er den Hausschlüssel. Der Lehrer trägt das Fahrrad in den Keller, damit es nicht gestohlen wird, und am nächsten Morgen holt er es wieder heraus.

Wenn das Fahrrad nicht im Keller ist, ist der Lehrer in der Schule. Einmal haben sie ihm den Reifen zerstochen, und der Lehrer musste das Rad schieben mit angehobenem Hinterrad. Dienstags, vor der ersten Stunde, hat der Lehrer Aufsicht auf dem Hof, da muss er früher raus.

Der Lehrer hat länger Ferien als die anderen Leute. Aber einmal haben sie ihm den Reifen zerstochen, und dienstags hat er Aufsicht, da muss er früher raus.

Eine schwindelerregende Höhe 20

Es war verboten, in die Bäume zu klettern. Einige Kinder machten es trotzdem. Auf dem kleinsten der Bäume saßen drei Jungen oben in den Zweigen. „Kommt runter!“, rief die Lehrerin. Die Jungen lachten nur. Der Baum war aber noch nicht ausgewachsen. Er wuchs furchtbar schnell und am Ende der großen Pause hatte er eine schwindelerregende Höhe erreicht. Da fingen die Jungen an zu schwindeln. Sie logen, dass sich die Balken bogen. Das war ein Glück, denn der Baumstamm beugte sich und nicht weit vom Schulhof konnten die Jungen abspringen. Schnell liefen sie in ihre Klasse.

Diese Geschichte hat sich jemand ausgedacht, der auf einen hohen Baum geklettert ist und nie mehr herunterkam.

Seltsames Rätsel

Ein Bauer besaß einen Kohlkopf, eine Ziege, einen Wolf, einen Marienkäfer, eine Blattlaus, eine Porzellantasse und eine Holzkiste. Mit seinem Hab und Gut wollte er einen Fluss überqueren, aber immer nur drei Passagiere passten gemeinsam auf die Fähre. Doch durfte man den Wolf nicht mit der Ziege ohne Aufsicht lassen, sonst würde er sie fressen. Ebenso war es unmöglich die Ziege mit dem Kohlkopf allein zu lassen, den Marienkäfer mit der Blattlaus oder die Holzkiste mit der Porzellantasse. Marienkäfer und Holzkiste wäre vielleicht möglich gemeinsam mit dem Wolf und entweder dem Kohlkopf oder der Blattlaus. Ließe man aber die Ziege zusammen mit der Porzellantasse am Ufer zurück, würde die Tasse vermutlich durch eine ungestüme Bewegung zerstört. Und wer das Rätsel löst, darf sie behalten ... oder was davon übrig ist.

Das Reisebüro

Gegenüber ist noch die Schrift zu erkennen. Technisches Bureau von C. Körner ist auf die Mauer gemalt. Dann war es ein Geschäft für Damen-Confection, dann ein Elektrogeschäft, dann ein kleines Restaurant, dann wieder ein Elektrogeschäft, dann ein Reisebüro. Manchmal gehen Leute ein und aus, vermutlich buchen sie eine Reise. Manchmal steht jemand vor dem Fenster, und man weiß nicht, was er denkt, und an der Hauswand steht: Technisches Bureau von C. Körner, und es wäre doch möglich, dass er gerade zufällig an Mexiko denkt, oder an die Innere Mongolei.

23 BESCHÄFTIGUNG MIT DER URZEIT

Der Wissenschaftler beschäftigte sich mit der Urzeit. Er kannte die verschiedenen Urfarne, er durchsuchte Steinbrüche nach Spuren des Urpferdchens, er fand die Flügel des Urvogels, er leugnete die Existenz eines direkten gemeinsamen Vorfahren von Urkröte und Urelefant. An einem schönem Morgen sagte seine Sekretärin: „In zwei Tagen bekomme ich Urlaub." Der Wissenschaftler war sehr aufgeregt. Er konnte es kaum erwarten.

SONNENSCHIRME AM STRAND 24

An einem italienischen Strand gab es hunderte bunte Sonnenschirme. Einmal kam ein Windstoß und zwei oder drei Schirme flogen in die Luft. Der Wind wurde stärker und plötzlich wirbelten alle Sonnenschirme am Himmel – es war ein Hüpfen auf und ab, ein Leuchten in allen Farben, ein Ringelreihen, ein prächtiger Tanz. Ein paar Tage später in Rom regnete es Sonnenschirme. Die Straßenkehrer wunderten sich und fegten sie zusammen. Dann war wieder alles wie früher.

25 ORDNUNGSAMT

Ein Junge namens Jonas suchte das Ordnungsamt. Er suchte in der ganzen Stadt, aber er fand es nicht. Er fragte alle Leute, aber niemand wusste, wo es war. Oh je, hoffentlich war es nicht verloren gegangen. Der Junge ging nach Hause und suchte im Internet. Da fand er eine Telefonnummer und eine E-Mail-Adresse. Der Junge schrieb ein E-Mail: „Hallo Ordnungsamt, kannst du mal mein Zimmer aufräumen? Jonas“
Eine Antwort bekam er nie.

Die Tüten

Der kleine Supermarkt ist gleich um die Ecke. Man kann ihn nicht sehen, aber man kann die Leute, die von dort kommen, an ihren Plastiktüten erkennen. Nur auf den ersten Blick gleichen sich die Leute und gleichen sich die Tüten. Sieht man genauer hin, bemerkt man, dass aus einer Tüte eine Stange Lauch herausragt. Eine andere ist offensichtlich schwer zu tragen, vermutlich enthält sie Getränke in Flaschen. Aber selten gibt das undurchsichtige Plastik seinen Inhalt preis, und man darf sich ausspinnen, was für verschiedene Leckereien die Leute nach Hause tragen, vielleicht Magerquark, vielleicht Tiefkühlpizza oder Möhren oder Bananen oder mittelscharfen Senf oder Heringssalat.

Nach der Arbeit

Als der Regenmacher fertig war mit der Arbeit, ging er nach Hause. Er hatte mal wieder keinen Regenschirm dabei. Das ärgerte ihn sehr.

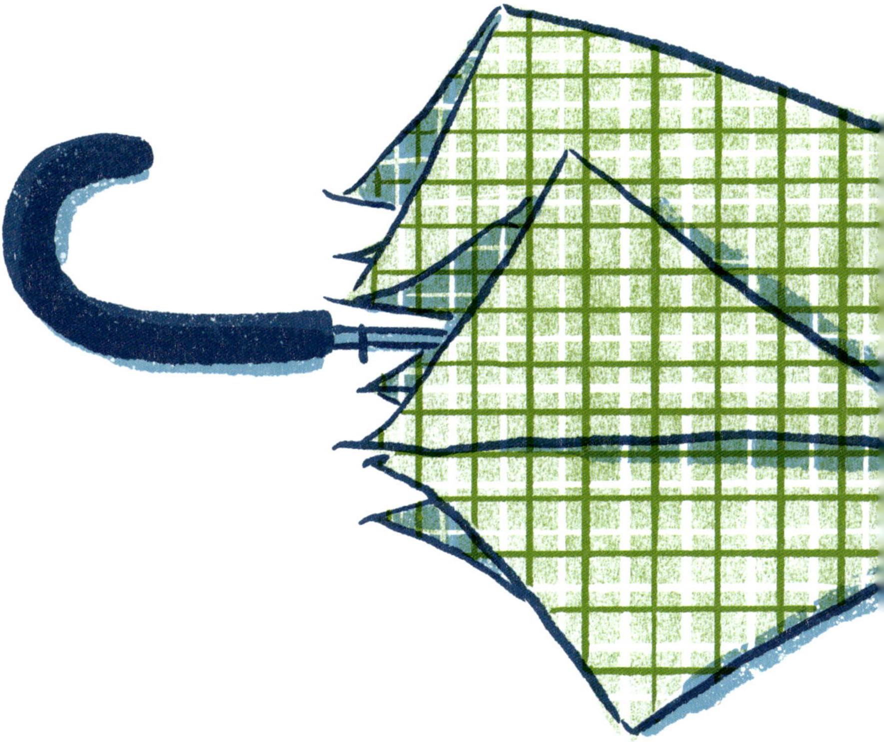

Die Schlange im Supermarkt 28

An einer Kasse im Supermarkt formierte sich eine Menschenschlange in mehreren Windungen durch das Geschäft bis hinaus auf die Straße. Die Schuld trug offensichtlich ein Mann, der hier nicht zurecht kam. Erst fiel ihm die Geheimzahl seiner Bankkarte nicht ein, dann hatte er nicht genug Bargeld, rechnete hin und her und legte mal diese, mal jene Ware auf die Seite. Die Menschen in der Schlange waren seltsam still, aber innerlich kochten sie vor Wut. Als der Mann, nachdem er sehr umständlich einen angeblichen Fehlbetrag reklamiert hatte, auch noch zurückging ins Geschäft, um einen am Automaten vergessenen Pfandbon zu holen, warf die wütende Menge mit Kohlrabi und Sellerie nach ihm und trat ihn, als er wehrlos am Boden lag, mit den Füßen zu Tode. Der Supermarktleiter sagte später, er hätte eine zweite Kasse geöffnet, wenn es verlangt worden wäre, aber bei ihm habe sich niemand beschwert.

Die Kinder

Auch Kinder gibt es, fast überall. Die Kleineren auf dem Gehweg werden fest an der Hand gehalten, damit sie nicht vor die Autos laufen, die Größeren wissen meistens schon von alleine, wie man sich auf der Straße zu bewegen hat, sie tragen oft Fußbälle oder Wasserpistolen. Auch Kinderwagen, in denen Kinder liegen, werden an den Schaufenstern entlang geschoben. Auch gibt es größere Kinder, die sich Einkaufswagen aus dem Supermarkt ausgeliehen haben. Sie transportieren darin Anzeigenblätter, die sie um ein Taschengeld in den Briefkästen verteilen. Auch in den Autos kann man gelegentlich auf dem Rücksitz ein Kind entdecken. In manchen Nächten werden auch Bündel aus Wolldecken über die Straße getragen, und sogar darin sind Kinder.

Was man kennt, das kennt man eben

Ein Junge war auf dem Weg zur Schule, da begegnete ihm ein Hirsch. „Ich gehe zur Grundschule“, sagte der Junge. „Wohin?“, fragte der Hirsch, der davon noch nie gehört hatte. „Zur Brunftschule? Lernt man da brunften?“ Aber er wunderte sich nicht und ging einfach weiter. Etwas später kam dem Jungen ein Viereck entgegen. „Wo gehst du hin?“, fragte es. „Zur Rundschule? Lernt man da runden?“ Aber es wunderte sich nicht und ging weiter. Zwei Straßen später spazierte ein Ferkel vorbei. „Ich gehe zur Grundschule“, erklärte ihm der Junge. „Wohin gehst du? Zur Grunzschule? Lernt man da grunzen?“ Aber auch das Ferkel wartete die Antwort des Jungen nicht ab, es ging weiter und wunderte sich nicht.

31 Ganz normal

Das Raumschiff drehte sich im Kreis. Dem kleinen Astronauten war das unheimlich. „Das ist ganz normal“, riefen die großen Astronauten und lachten ihn aus. Dann fing es merkwürdig an zu ruckeln, und nun wurden die großen Astronauten blass im Gesicht. Nur der kleine Astronaut hatte keine Angst. „Das ist ganz normal“, dachte er. Die großen Astronauten klappten die Seitenspiegel ein. Das Raumschiff flog haarscharf an einem Planeten vorbei. Der kleine Astronaut sah aus dem Fenster. Er winkte ein paar Kindern zu, aber die bemerkten ihn nicht. Dann flog das Raumschiff wieder fort.

Das Gegenteil

32

Der Wissenschaftler stanzte ein Loch in einen schwarzen Karton. Das war nun genau das Gegenteil eines schwarzen Loches.

Ein Telefongespräch

Eine junge Frau saß in der U-Bahn und telefonierte mit sich selbst. Sie sah dabei auf den Bildschirm, schminkte sich die Augen mit Lidschatten und trug Lippenstift auf. Die Leute in der Umgebung hörten das Telefongespräch und sahen bemüht in verschiedene Richtungen. Plötzlich wurde die Verbindung unterbrochen und die Frau hörte auf zu sprechen. Das Rot des Lippenstifts verschmierte ihr Gesicht.

Der Krankenwagen

Wenn der Krankenwagen kommt ohne Blaulicht, weiß man Bescheid. Es wird bloß die Frau im Rollstuhl abgeholt und nach ein bis zwei Stunden wieder ins Haus gebracht. Was sie inzwischen macht, weiß man nicht. Aus der Regelmäßigkeit des Geschehens folgt jedoch, dass es sich nicht um einen Unfall und auch sonst nichts Unerwartetes handelt. Die Fremden auf der Straße bleiben neugierig stehen, die Nachbarn aber lehnen sich nur kurz aus dem Fenster, dann wenden sie sich ab und wissen Bescheid.

Radlos

So kann es gehen: Ein nächtlicher Diebstahl ließ das Mädchen radlos zurück. So muss es gehen.

Die Nachbarn

Manchen Nachbarn kennt man nicht mit Namen. Beim Blick aus dem Fenster nach rechts oder links aber kann es geschehen, dass einem ein aus einem der benachbarten Fenster herausragender Kopf ein Gesicht zuwendet, das man schon mal gesehen hat. Fast erschrickt man, und man zieht den Kopf zurück. Man merkt eben noch, dass es dem Nachbarn genauso geht. Dann bedenkt man, es bei diesem Rückzug nicht belassen zu können, die Köpfe beugen sich wieder vor, und jeder murmelt einen kurzen Gruß.

37 DIE HAND

Der Friedhofsgärtner bemerkte eine unverweste Hand, die aus einem Grab herausschaute. Er goss sie ein paar Tage, aber es änderte sich nichts.

Vom Springen auf fahrende Züge

Dies ist eine Geschichte aus der Zeit, als man noch auf fahrende Züge aufspringen konnte. Der Mann auf dem Bahnsteig gegenüber sah aus, als trüge er seinen dunklen Anzug das erste Mal. Er war spät dran, aber scheinbar nicht zu spät. Mit einem Aktenkoffer in der Hand lief er neben dem langsam anfahrenden Zug her. Den Aktenkoffer stellte er in die offene Tür, setzte zum Sprung an, der Zug jedoch wurde schneller, der Mann riskierte den Sprung nicht und Zug und Aktenkoffer fuhren davon.

39 Neulich in der U-Bahn

Ein etwas älterer Mann setzte sich in einer U-Bahn einer jungen Frau auf den Schoß. Es war keine Absicht gewesen, er wollte nichts von dieser Frau. Er hatte einfach nicht damit gerechnet, dass dort schon jemand saß.

Etwas Werbung für ein lustiges Buch 40

Der junge Autor hatte ein sehr lustiges Buch geschrieben, doch leider nahm niemand davon Notiz. Der Autor setzte sich in die U-Bahn, schaute in sein eigenes Buch und lachte laut auf. Er hielt das Buch hoch, so dass Einband und Titel von weitem zu erkennen waren. Jeder sollte wissen, worüber er lachte. Es war wirklich ein sehr lustiges Buch.

Zum Fenster hinaus

Vor Jahren auf einer Fahrt mit dem Zug in einem südlichen Land beobachtete ein Reisender, wie die einheimischen Passagiere ihren Müll aus den geöffneten Fenstern in die fast unberührte Landschaft warfen. Er selbst trug seine Abfälle zu dem Mülleimer, der sich am hinteren Ende des Wagens befand. Später sah er, wie eine Reinigungsfrau den Mülleimer leerte, indem sie seinen Inhalt schwungvoll aus einem Fenster hinaus in die Landschaft kippte.

Wunsch und Wirklichkeit 42

Früher einmal hatte der Junge Indianer werden wollen. Als er größer wurde, verkleinerte sich sein Kopf. Ein Stück nach dem anderen brach heraus. Zuletzt wollte er Seiltänzer werden. Sein Vater sagte nur dasselbe wie immer: „Schlag dir das aus dem Kopf!“

43

Gedanken eines Mittelstürmers

Der Mittelstürmer fasste sich an die Nase. Schon seit Wochen hatte er das Tor nicht mehr getroffen. Jetzt wäre eine Gelegenheit. Was sich da näherte in steiler Flugbahn aus östlicher Richtung, war das nicht der Ball? Annehmen, wenn er kommt, dachte der Mittelstürmer. Und abtropfen lassen, einfach abtropfen lassen.

In Berlin verirrt

44

Ein U-Bahnfahrer hatte sich mitten in Berlin verfahren. Er versuchte sich zu orientieren anhand des Linienplans, den er in seiner Tasche fand. Versehentlich hatte er aber den Plan von München mitgenommen. Nach einer falschen Rechtskurve bohrte sich die Bahn in die Erde und verschwand irgendwo im Dunkeln.

45 Die Notlüge

„Der Klang der Geige ist für mich schwer zu ertragen“, sagte das schnippische Mädchen und deutete auf den Geigenkasten. Der alte Geiger war verliebt und log das Mädchen an: „Eigentlich spiele ich Klavier. Aber das ist schwer zu tragen.“

Besonderheiten des Luftschiffbaus

Der Präsident erklärte seinen Gästen die Besonderheiten des Luftschiffbaus. Weil aber das Luftschiff vom Sockel zu kippen drohte, stützte er, während er redete, mit der Hand das schwere Gefährt. Obwohl ihm der Arm schmerzte, wartete er nach seiner Rede ab, bis der letzte Besucher den Saal verlassen hatte. Dann erst ließ er das Luftschiff los und ging zur Tür. Hinter seinem Rücken zertrümmerte das Luftschiff mit lautem Krach. Der Präsident aber sah sich nicht um und verließ eilig den Saal.

Wie sich eine Wiener Dame benimmt

In einem angesehen Restaurant im 1. Wiener Bezirk hatte eine Basketballmannschaft eine große Tafel reserviert. Die Spieler warfen Brötchen in die gegnerischen Körbe. Weiter hinten saßen zwei ältere Paare an einem wackelnden Tisch. Die Speisen rutschten hin und her und zuweilen einer der Ehefrauen auf den Schoß. Natürlich ließ sich die Dame nichts anmerken.

Das Ereignis 48

Manchmal erwartet man, dass in jedem Moment etwas geschehen müsse. Schon am Morgen, so viel ist klar, kündigt das Ereignis sich an. Aus dem Treppenhaus sind laute Stimmen zu hören. Der Hausmeister streitet sich mit einem Nachbarn darum, wo die Fahrräder auf dem Hof stehen müssen. Nicht an die Wand gelehnt, wo der Verputz bröckelt. Ein Polizeiwagen fährt im Schritttempo die Straße entlang. Ist schon etwas geschehen? Schwere Möbel werden die Treppen hinunter getragen und stehen im Flur als man zum Briefkasten geht. Der Briefkasten ist leer. Den grauen Hund mit der karierten Decke und seine grauhaarige Besitzerin hat man heute noch nicht gesehen. Der Bioladen hat seine Schaufenster neu dekoriert. Die Straße riecht wie gewaschen, das sind die Ablüfte aus der chemischen Reinigung. Man schließt das Fenster. Es klingelt an der Haustür. Jemand kommt Gas und Strom ablesen. Plötzlich wird es Mittag, und mehr ist von dem Ereignis nicht bekannt.

49 Die Fähre zur Loreley

Eine große Zahl japanischer Touristen betrat versehentlich eine Rheinfähre.
„Fährt dieses Schiff zur Loreley?“, fragte der Reiseleiter.
Eigentlich war nur eine Fahrt ans andere Ufer vorgesehen, aber der windige Fährmann witterte ein Geschäft. „Natürlich“, sagte er.
„Wir haben nur eine Stunde Zeit“, sagte der Reiseleiter.
Der Fährmann sagte: „Kein Problem“, und nannte einen hohen Preis, etwa das Dreifache des Üblichen.
„Kein Problem“, sagte der Reiseleiter und zahlte im Voraus.
Weil es viel zu weit war bis zur Loreley, wendete die Fähre schon am Drachenfels. Dort sangen die japanischen Touristen das Lied von der Loreley. Für einen kurzen Moment waren sie glücklich.

Fast halb fünf. Das Geschäft des Bioladenbesitzers ist ein Geschäft ohne Namen. Die Kartoffeln und Möhren sind hier etwas teurer, wahrscheinlich sind sie auch etwas besser, und das Geschäft braucht keinen Namen, denn Qualität spricht für sich. Die Konjunktur ist schlecht, aber der Bioladenbesitzer sagt: „Gute Kartoffeln brauchen die Leute immer." In seinem früheren Leben war er eine Schildkröte. Man glaubt es sofort, wenn er sich in seinem Laden hinter der Theke verkriecht. Aber manchmal kommt er heraus, dann bleibt er vor der Tür, und vor der Tür nebenan ist der Uhrmacher. Beide stehen sie an ihre Schaufenster gelehnt. Vielleicht reden sie über Uhren, vielleicht über Kartoffeln, oder sie finden ein Thema, das beide verbindet. Der Uhrmacher glaubt nicht an die Seelenwanderung, aber er hat einen Sohn, der ist Tierarzt. Dann muss einer sich zurückziehen, denn es betritt eine Frau das Geschäft des Bioladenbesitzers. Vermutlich kauft sie Kartoffeln, denn gute Kartoffeln brauchen die Leute immer. Noch zwei Stunden bis halb sieben. Der Uhrmacher schaut auf die Uhr, dann zieht auch er sich zurück.

Eine merkwürdige Rose

Der Gärtner zeigte den Besuchern den berühmten Rosengarten. „Hier links sind die alten Sorten“, sagte er. „Sie haben einen wunderbaren Duft, aber sie sind sehr empfindlich und blühen nur einmal im Jahr.“

Er ging zur rechten Seite: „Dies sind die Neuzüchtungen. Sie sind pflegeleicht. Sie blühen das ganze Jahr. Aber sie duften kaum.“

Mitten im Garten, weiträumig umfasst von einer kleinen Mauer, stand eine einzelne Rose.

„Und hier haben wir eine Besonderheit“, erklärte der Gärtner. „Diese Rose blüht das ganze Jahr und duftet unbeschreiblich schön.“

Sofort wollte ein Besucher über die Mauer steigen, sich der Rose nähern und an ihr riechen.

„Vorsicht!“, rief da der Gärtner. „Sie beißt!“

Tomaten auf den Augen

Ein Mann stolperte durch den Supermarkt, rempelte eine Frau an und trat ihr auf die Füße. „Sie haben wohl Tomaten auf den Augen", schimpfte die Frau. „Nein, das nicht", sagte der Mann. „Aber eine Artischocke auf dem Kopf." Später an der Kasse sagte die Kassiererin mit vorwurfsvoller Stimme: „Sie haben eine Artischocke auf dem Kopf." – „Wie konnte ich das nur vergessen", flüsterte der Mann beschämt und legte die Artischocke auf das Band.

53

Der Hausflur

Unten im Hausflur stehen drei Kinderwagen. Wenn Besuch kommt, sind es auch einmal vier oder fünf. Der Hausflur ist groß, und wenn sie Getränke kaufen, schieben die Leute klappernde Karren an den Kinderwagen vorbei, es ist immer noch Platz genug. Oft stehen auch Kisten im Hausflur aus den Geschäften links und rechts oder Pakete der Mieter oder verpackte neue Möbel und anderntags alte für den Sperrmüll. Der Hausflur ist groß, und Dinge tauchen auf, und Dinge verschwinden. Manchmal auch, zumeist an heißen Tagen, wenn alle Kinderwagen unterwegs sind, ist er leer. Das ist ein seltsam trauriger Anblick, als sei das Haus nicht mehr bewohnt – wer durch den leeren Flur muss, durchquert ihn schneller als gewöhnlich, verlässt das Haus, und irgendwo draußen, wenn die Zeit dafür ist, sucht er sich einen schattigen Platz.

Im Park

Der Parkwächter schritt die Wiese ab und beobachtete die Front. Er legte sich hin, mit dem Ohr auf den Boden. Er hörte das Gras wachsen. Später, als er wieder aufrecht stand, machte er eine weite Bewegung mit dem Arm und zeigte irgendwohin. Am Horizont stieg Rauch auf. Es roch nach Feuer, nach verbrannten Sardinen und Fleisch.

Ein grosser Pilz

Der Fremdenführer zeigte auf einen Baum. „Fichte", sagte er. „Vielleicht auch Tanne." Er hatte nur ungefähr eine Ahnung. „Und das hier sind Pilze. Einige sind giftig, andere nicht." Später kam Regen auf. Man fand Unterstand, beschirmt von einem riesigen Pilz. Ein sonderbarer grüner Saft tropfte aus den Lamellen.

Der Cowboy

Der Cowboy heißt Cowboy, weil er einen Hut trägt wie ein Cowboy. Er geht breitbeinig die Treppe hinunter. Er arbeitet im Kopierladen einige Häuser weiter. Oft steht er dort vor der Tür, und wenn man aus dem Fenster sieht, dann zielt er mit ausgestrecktem Arm, als hielte er ein Gewehr, und lacht.

Wenn man beim Cowboy kopiert, dann darf man keinen Finger rühren. Selbstbedienung gibt es nicht. Der Cowboy betrachtet ausgiebig die zu kopierenden Seiten, als müsse er ein Kunstwerk daraus machen.

Während er kopiert, erzählt der Cowboy Neuigkeiten aus dem Haus, aus der Straße. Nach jedem Satz klappt er den Deckel des Kopiergerätes hoch und runter. Der Cowboy weiß beinahe alles. Vielleicht liest er es aus den Kopien, wie man aus der Hand liest, wenn man es kann.

Der Cowboy hält einige Blätter gegen das Licht. Man könnte glauben, er suchte ein Wasserzeichen, oder etwas hinter den Wörtern. Dann endlich gibt er den kleinen Stoß Papier aus der Hand.

„Soso, Schriftsteller“, sagt er, und die Kopien kosten diesmal nichts.

57 Die rücksichtslose Polizistin

An manchen Tagen verlor der Straßenkehrer fast die Geduld. Immer wieder stand ihm die rücksichtslose Polizistin im Weg, es war umständlich und mühsam, um sie herum die Straße zu kehren. Aber auch die Polizistin hatte es nicht leicht. So manche Straße, an die sie sich noch gut erinnern konnte, hatte der Straßenkehrer einfach beiseite gefegt und irgendwo entsorgt.

Die Ermahnung 58

Auf dem gemeinsamen Spaziergang sollten die Kinder bunte Blätter sammeln für das Basteln im Kindergarten. Ein Mädchen entdeckte eine Walnuss und hob sie auf. Zwei Meter weiter ließ es die Nuss wieder fallen. Erbost rüttelte eine der Erzieherinnen die Schulter des Mädchens und schimpfte: „Essen wirft man nicht weg!“

Das Lachen

Neben der Garderobe liegt ein Schlüssel. Das ist der Schlüssel von Herrn Holzer, und Herr Holzer wohnt nebenan, und eine Frau Holzer hat es auch einmal gegeben, der Nachbar hat sie gekannt. Herr und Frau Holzer haben zwei Kinder. Früher hat man das Lachen der Kinder aus der benachbarten Wohnung gehört, so laut war das Lachen, oder so dünn waren die Wände. Dann hat man das Weinen der Kinder gehört, und die Wände waren dünne Häute. Dann ist Frau Holzer ausgezogen, sie wurde nicht mehr gesehen, und seitdem liegt der Schlüssel neben der Garderobe des Nachbarn, und die Kinder sind mal in der einen, mal in einer anderen Wohnung, und falls sie einmal in der einen Wohnung alleine sind in der Nacht und dann etwas sein sollte – deshalb der Schlüssel, hat Herr Holzer gesagt. Inzwischen hört man wieder das Lachen, wenn auch nicht mehr so laut wie früher. In der einen Woche hört man es, in der anderen Woche hört man es nicht.

SCHLECHT VERSICHERT 60

Der Kioskbesitzer hatte einen Verband um den Daumen gelegt. Eine elegant gekleidete Frau kaufte eine Wochenzeitung und fragte: „Was haben Sie denn mit Ihrem Daumen gemacht?"
„Ein seltener Furunkel", sagte der Kioskbesitzer. „Ich war schon bei tausend Ärzten damit. Jeder sagt was anderes."
„Gehen Sie zur Uniklinik", sagte die Frau. „Ich bin privat versichert, und ich gehe immer zur Uniklinik."
„Privatversichert?", sagte der Kioskbesitzer und schüttelte den Kopf. „Ich bin versichert bei Gott."

61 DER STRASSENBAHNFAHRER

Der Mann aus Haus Nummer 17 ist Straßenbahnfahrer. Er ist ihr Straßenbahnfahrer, sagen sich die Leute, weil sie sonst keinen kennen. Er hat wechselnde Schichten, mal muss er früh morgens raus, mal am Mittag, mal fährt er bis spät in die Nacht. Man kann bei ihm klingeln, wann man will, wenn man mal morgens Zucker braucht, oder mittags einen Schraubenschlüssel, oder abends sonst eine Kleinigkeit – aber es ist wie verhext, man klingelt ihn immer aus dem Bett. Die Leute fahren oft mit der Straßenbahn. Sie sehen sich die Fahrer an, weil sie immer hoffen, einmal mit ihrem Straßenbahnfahrer zu fahren. Weil sie sonst keinen kennen. Aber es ist wie verhext – sie treffen ihn niemals in der Straßenbahn, und wenn sie bei ihm klingeln, dann holen sie ihn aus dem Bett.

Hartes Brot

Es gibt zwei Bäckereien ganz in der Nähe, da hat man die Wahl. Die eine ist teuer, das Brot ist gut, keine Frage, aber die Unfreundlichkeit der Bedienung ist stadtbekannt. Man wartet lange. Zwei bis drei Verkäuferinnen stehen hinter der Theke herum, fraglich, was sie da machen – eine reicht Brot über die Theke, die anderen sind so vertieft in ihre Gespräche untereinander, dass nicht einmal Zeit bleibt für einen Gruß. In der anderen Bäckerei sind die Verkäuferinnen freundlich. Vor allem aber gibt es eine junge Verkäuferin mit dunklem Haar und warmen Augen. Sie lächelt. Wenn es sonst keinen Anlass gäbe, das Geschäft zu betreten, so wäre doch dieses Lächeln Grund genug. Aber wie schnell ist es vorbei! Man hat sein Brot erhalten, man kann nicht stehenbleiben, der nächste wartet, man muss zur Seite treten, das Geschäft verlassen. Das alles dauert drei Sekunden.
An dem harten Brot freilich kaut man drei Tage.

Der Geschichtenerzähler

Es gab einmal einen Geschichtenerzähler, der hatte ein Jahr in China gelebt und konnte deshalb besonders gut mit Stäbchen essen. Weil er ein Geschichtenerzähler war, nahm er aber keine Stäbchen, sondern Kugelschreiber. Er hielt zwei Kugelschreiber in der rechten Hand und aß damit sehr geschickt kleine Fleischbällchen, auch Gemüse, Reis und sogar Suppe. Ja, so sind die Geschichtenerzähler! In der linken Hand hielt er einen dritten Kugelschreiber. Damit schrieb er auf die Papierserviette merkwürdige, kleine Geschichten.